GUÍA DE LECTURA

Escrita por Dominique Coutant-Defer
Traducida por Tamara Montes Blanco

El gato negro y otros relatos

de Edgar Allan Poe

Entiende fácilmente la literatura con

ResumenExpress.com

www.resumenexpress.com

EDGAR ALLAN POE — 1

Hombre de letras americano

EL GATO NEGRO Y OTROS RELATOS — 2

Un universo marcado por el sello de la singularidad

RESUMEN — 4

El gato negro
Hop-Frog
El ángel de lo extraño
El tonel de amontillado
Conversación con una momia

ESTUDIO DEL PERSONAJE — 11

El narrador

CLAVES DE LECTURA — 13

Relatos fantásticos

PARA IR MÁS ALLÁ — 17

EDGAR ALLAN POE

HOMBRE DE LETRAS AMERICANO

- **Nacido en 1809 en Boston**
- **Fallecido en 1849 en Baltimore**
- **Algunas de sus obras:**
  - *Manuscrito hallado en una botella* (1833), relato
  - *La caída de la casa de Usher* (1839), relato
  - *La carta robada* (1845), relato

Edgar Allan Poe, nacido en Boston en 1809, es un poeta y escritor de novelas y relatos cortos estadounidense que ha marcado profundamente la historia de la literatura. Conocido sobre todo por sus relatos de atmósfera sombría y misteriosa, se le considera el precursor tanto de la novela policíaca como de la ciencia ficción y del género fantástico.

Tras haber estudiado en la Universidad de Virginia e intentado una corta carrera militar, se esfuerza con dificultad por vivir de su pluma escribiendo para periódicos, pero también publicando poemas, así como una novela, *Las aventuras de Arthur Gordon Pym*. Cosechará sus mayores éxitos gracias a sus relatos, especialmente *La caída de la casa de Usher*, *El hombre de la multitud*, *El gato negro* y muchas otras. Muere en Baltimore en 1849.

EL GATO NEGRO Y OTROS RELATOS

UN UNIVERSO MARCADO POR EL SELLO DE LA SINGULARIDAD

- **Género:** antología de relatos
- **Edición de referencia:** Poe, Edgar Allan. 1983. *El gato negro*. Traducido por Doris Rolfe. Madrid: Anaya
- **Temáticas:** asesinato, venganza, fantasía, experiencia, resurrección

El relato *El gato negro* se publica en 1843 en *The Saturday Evening Post* y a continuación se integra en la antología *Historias extraordinarias*. El narrador cuenta en él su horrible historia: perseguido por un gato diabólico, termina, al quererlo matar, por asesinar a su esposa. La historia de terror *Hop-Frog*, publicada en 1849, alude a la terrible venganza del ingenuo Hop-Frog, bufón del rey, que hace quemar vivo al soberano, así como a siete de sus ministros. En *El ángel de lo extraño*, publicado en 1844, el narrador, que profesa el escepticismo, debe finalmente rendirse a las razones de un curioso ángel que le colma de experiencias cada cual más estrafalaria que la anterior para convencerlo de la rareza del mundo. *El tonel de amontillado*, publicado en 1846, relata la espectacular venganza del narrador hacia uno de sus amigos, al que empareda vivo en una bodega. El último relato, *Conversación con una momia*, reproduce no sin humor el extraño diálogo de algunos científicos con una momia que deben examinar y que se despierta bruscamente. Todos los relatos están escritos desde el punto de vista del narrador, lo que refuerza la impresión de extrañeza que emana de ellos.

RESUMEN

«No espero ni pido que nadie crea el extravagante, pero sencillo relato que me dispongo a escribir» (Poe 1983, 39), precisa de entrada el narrador de cara a los acontecimientos horribles que va a contar, mientras se encuentra en vísperas de su muerte.

Demuestra desde siempre una gran atracción por los animales, de los que aprecia el desinterés. Asimismo, se casó con una mujer que comparte este gusto. Juntos, poseen un gato negro, Pluto, «un hermoso animal, notablemente grande [...] y de una sagacidad asombrosa» (Poe 1983, 40). Pero poco a poco, el narrador se hunde en el alcoholismo y maltrata a su entorno, incluso a Pluto, al que deja tuerto y termina por colgar de un árbol, bajo el efecto, según dice, de la perversidad y de la necesidad de torturarse a sí mismo.

Al día siguiente, su casa se quema. El narrador descubre entonces, sobre una pared que ha quedado intacta, una suerte de bajorrelieve gigantesco que representa un gato con una cuerda al cuello. Para dominar su extremo terror y satisfacer su razón, explica que indudablemente desataron al animal del árbol y que se vio comprimido entre dos paredes derrumabdas debido al incendio.

Un poco más tarde, un enorme gato negro, copia conforme de Pluto a excepción de una gran mancha blanca sobre el pecho, le sigue hasta su casa. El animal se encariña con su nuevo dueño, que, al acordarse de su crueldad pasada, evita maltratarlo. Pero el descubrimiento de que ese gato también había perdido un ojo, igual que Pluto, hace que el narrador lo odie. Además, la mancha blanca se vuelve más clara y dibuja la imagen de una horca. Entonces el narrador se obsesiona: cree sentir constantemente «el ardiente aliento de *aquella cosa* en [su] cara» (Poe 1983, 45). «Sucumb[e] en [él] el débil vestigio del bien» (*ib.*): un día, al intentar decapitar al animal con un hacha, mata a su mujer. Entonces decide emparedar el cadáver en la bodega y vengarse del gato. Pero este ha desaparecido. El narrador, a pesar de su crimen, vuelve a encontrar la serenidad.

Para desafiar a los policías que van a inspeccionar la bodega, golpea las paredes con su bastón, pero, súbitamente, un aullido «mezcla de horror y triunfo» (Poe 1983, 49) sale de ellas. Entonces, los policías derrumban el muro y descubren de pie el cadáver de la esposa y al gato, posado sobre la cabeza, emparedado a la vez que ella con las prisas del asesino. «[Su] voz delatora me entregaba ahora al verdugo» (Poe 1983, 50), concluye el narrador.

HOP-FROG

El narrador cuenta la historia de un «valiente rey» (Poe 1983, 130) que «parecía vivir sólo para las bromas» (*ib.*). Su bufón, Hop-Frog, es según él un triple tesoro porque es a la vez loco, cojo y enano. Además, compensa la distorsión de sus piernas con una fuerza prodigiosa en los brazos. Se lo regalaron al rey junto a una joven, Trippetta, «casi tan enana como él» (Poe 1983, 132). Esta, hermosa y una excelente bailarina, usa a menudo su influencia para defender a Hop-Frog, poco popular en la corte.

Se organiza una mascarada. El rey y sus ministros, demasiado gordos, no saben cómo disfrazarse. Hacen beber a Hop-Frog, a quien el vino lleva a la locura, para decuplicar su inventiva. Este, completamente alucinado, tiene la idea de disfrazarlos de temibles orangutanes (animal poco conocido en la época) y de encadenarlos unos a otros, para sembrar el terror en la reunión. El plan funciona: «Muchas mujeres se desmaya[n] de terror» (Poe 1983, 138). Bajo el pretexto de desenmascararlos a ojos de la muchedumbre curiosa, el enano los suspende en el aire por medio de sus cadenas, con un enorme gancho. Así, sometidos a la impotencia, el rey y sus ministros no pueden defenderse: Hop-Frog prende entonces fuego a sus disfraces de lino y pronto «los ocho cadáveres se balancea[n] colgando de sus cadenas» (Poe 1983, 142). El bufón se venga así de las humillaciones sufridas y huye con Trippetta.

EL ÁNGEL DE LO EXTRAÑO

El narrador, que admite haber tomado una comida demasiado copiosa y acompañada de demasiado alcohol, lee el periódico en el rincón de la chimenea y se rebela en voz alta contra la estupidez de un artículo que alude a la muerte curiosa de un hombre que se tragó una aguja por accidente. Un personaje extraño, que parece un tonel de ron coronado por un embudo, lo apostrofa entonces con un fuerte acento alemán y se presenta como «el Ánguel di lo Extranyo»[1]. Le asegura que la noticia es verídica. Además, su tarea en la tierra es «causar esos accidentes extraños que asombra[n] continuamente a los escépticos»[2]. Tras haber rociado el vino del narrador con agua bendita, que vierte a través de las botellas que constituyen sus brazos, huye.

El narrador falta a una cita por la tarde, porque el péndulo se ha parado, por culpa, según cree, del rabillo de una uva, lanzado desafortunadamente durante el discurso del ángel, que ha bloqueado una manecilla. Durante la noche, se despierta sobresaltado por una rata que huye con su vela aún encendida. Después, su casa comienza a arder, lo que causa tantos estragos que el narrador, propenso a la sensatez, decide casarse. Pero incidentes ridículos y rocambolescos se lo impiden en dos ocasiones. Falla igualmente al llevar a cabo el suicidio al que se había resignado y se encuentra por los aires, suspendido de una cuerda. Entonces, el ángel de lo extraño reaparece. Ante su petición de creer finalmente en los acontecimientos extraños, el narrador acepta, pero no puede cumplir el deseo del ángel de estrechar la mano derecha como prueba de su buena fe, porque esta sujeta la cuerda. Entonces, el ángel la corta y el narrador aterriza con la cabeza en las cenizas de la chimenea de su vieja casa, reconstruida: «así se vengó el ángel de lo extraño»[3].

---

1. Cita traducida por ResumenExpress.com
2. Cita traducida por ResumenExpress.com
3. Cita traducida por ResumenExpress.com

EL TONEL DE AMONTILLADO

Cansado de soportar los insultos de su amigo Fortunato, el narrador, Montresor, decide vengarse de él, pero «castigar[lo] con impunidad» (Poe 1983, 121). Quiere hacerle caer en una trampa, aprovechándose de su punto débil: los grandes caldos italianos. Durante el carnaval, le regala los oídos a su amigo, sobradamente ebrio y con un sombrero con campanillas, pidiéndole que le siga a las bodegas de su palacio, que también son las catacumbas de su familia, para descubrir el origen real de un vino que le han vendido como Amontillado. Puesto que Fortunato tose mucho, teme por el nitro que recubre las paredes, pero su amigo lo tranquiliza; así pues, continúan caminando por las criptas cubiertas de osamentas, mientras beben vino de Burdeos. En un nicho oscuro, el narrador encadena a su amigo, estupefacto, a una gran anilla de hierro fijada en el muro y después comienza a emparedarlo con piedras y mortero. Fortunato, al que se le ha pasado la borrachera, grita durante mucho rato, pensando que se trata de una broma, y después el narrador no percibe nada más que un tintineo de campanillas. A continuación, arma una muralla de osamentas contra la nueva mampostería y «durante medio siglo ningún mortal los ha perturbado» (Poe 1983, 129).

CONVERSACIÓN CON UNA MOMIA

Tras una cena bien acompañada de alcohol, al narrador lo saca de su sueño la invitación de su amigo el doctor Ponnonner a asistir al examen de la momia del difunto conde Allamistakeo, traída desde Libia. El doctor, rodeado de algunos amigos, descubre, tras haber retirado el recubrimiento de papiros que la rodeaba, un cuerpo perfectamente conservado cuyas vísceras no han sido extraídas. Por diversión, la asamblea aplica sobre el cadáver manipulaciones eléctricas. Pero ante su gran estupor, se dan cuenta de que la momia cierra los ojos y después lanza una coz tal al doctor que se ve proyectado a través de la ventana abierta. Sufre una experiencia no muy diferente en diversos lugares del cuerpo. La momia se pone entonces a hablar «en perfecto egipcio» (POE E. A., *Conversación con una momia,* en «Antología de cuentos norteamericanos: vol. 3», caPoe 1983, Conversación con una momia), que traducen dos especialistas. Reprocha a la asamblea su actitud poco «caballeresca» (*ib.*), que el doctor justifica con el avance necesario de la ciencia. El narrador se sorprende de la ausencia de reacción por parte de sus amigos y él mismo piensa que «todo estaba en orden» (*ib.*). Finalmente curan a Allamistakeo, lo visten con un traje del doctor, puesto que tiene frío, y lo instalan delante de la chimenea. La momia les revela entonces que no estaba muerta, sino que solamente había entrado en catalepsia: el conde fue embalsamado vivo a la edad de 700 años, destinado a someterse más tarde a una experiencia de resurrección. A continuación critica los lamentables errores de los egiptólogos que, con el transcurso de los siglos, han transformado, según él, la historia de su civilización en «pura fábula» (*ib.*). Cita con ironía numerosos inventos elaborados en su época en materia de mecánica, óptica, arquitectura, etc. que sobrepasan, según él, a los descubrimientos contemporáneos. Pero, lamentablemente, la momia se da por vencida cuando el doctor Ponnonner alude a las famosas píldoras de las que es el inventor.

De vuelta a casa, el narrador constata: «estoy amargamente cansado de esta vida y del siglo XIX en general», y decide pedirle al doctor Ponnonner que lo «embalsam[e] por un par de cientos de años».

ESTUDIO DEL PERSONAJE

En las diferentes historias, el autor solamente caracteriza con precisión al personaje del narrador . Los otros protagonistas —el gato en *El gato negro*, el ángel en *El ángel de lo extraño*, Fortunato en *El tonel de amontillado* y la momia en *Conversación con una momia*— únicamente aparecen en las historias para alimentar la sorpresa, el terror y la duda que asaltan al narrador de estos relatos fantásticos.

EL NARRADOR

Se presenta a sí mismo en cada historia como un individuo perturbado potencialmente, sujeto a alucinaciones debidas al alcohol.

- El narrador de *El gato negro* asegura, al contar la historia de forma posterior a la aventura que le cuesta la vida, que no está loco y que no está soñando, sino que los terribles acontecimientos lo han perturbado profundamente; así que quizás se encontrará con «una inteligencia más tranquila, más lógica y mucho menos excitante que la [suya], capaz de ver en las circunstancias [...] sólo una sucesión ordinaria de causas y efectos muy naturales» (Poe 1983, 39), dice. En efecto, el héroe admite que se vuelve alcohólico unos años después de la adquisición de Pluto, lo que puede explicar de forma racional sus ataques de violencia.
- Igualmente, el ángel en *El ángel de lo extraño* se le aparece al narrador después de que este se haya instalado frente al fuego «con algunas botellas de vino de diferentes tipos

y licores espirituosos»[4], mientras insiste en el aspecto escéptico y racional de su personalidad.
- Cuando asiste al examen de la momia en *Conversación con una momia*, el personaje principal admite que sufre de jaqueca, que ha cenado demasiado copiosamente y que ha bebido varias botellas de cerveza.
- En cuanto al narrador de *El tonel de amontillado*, recorre la bodega mientras bebe vino de Burdeos.

El autor, que coloca así al narrador en un estado de trance en todas las historias, abre la puerta a una doble interpretación de los hechos: una racional y lógica y la otra sobrenatural.

---

4. Cita traducida por ResumenExpress.com

CLAVES DE LECTURA

RELATOS FANTÁSTICOS

Un relato es una historia breve de pocas decenas de páginas, como es el caso de las cuatro historias que componen *El gato negro y otros relatos*. A menudo se centra en una aventura única (el diálogo con la momia o el descenso a la bodega de Montresor, por ejemplo) y no hay muchos personajes (como ya hemos dicho, en todas las historias la atención se focaliza en el narrador). Los acontecimientos, a menudo narrados de manera cronológica, progresan hacia un desenlace que sorprende al lector, cuyo ejemplo más chocante es sin duda, entre los relatos estudiados, el descubrimiento del gato en la pared de la bodega de *El gato negro*.

El relato puede tomar un cariz realista (los acontecimientos narrados son verosímiles) o fantástico: la historia adentra al lector en un mundo a medio camino entre lo natural y lo sobrenatural, como es el caso en *El gato negro*, *El ángel de lo extraño* y *Conversación con una momia*. Los relatos *Hop-Frog* (que, en cierto modo, parece un cuento) y *El tonel de amantillado* conciernen sobre todo a la historia de terror. Efectivamente, estas dos historias, aunque son terroríficas, siguen siendo realistas y su desenlace no suscita ninguna duda.

El relato fantástico reúne las características siguientes:

- ausencia de fronteras entre lo real y lo sobrenatural. Las historias relatadas en los tres relatos citados comienzan en un lugar de lo más común, el domicilio del narrador o el del doctor Ponnonner. Después, imperceptiblemente, la historia evoluciona hacia un marco fantástico: el narrador encuentra un gato parecido al que mató en *El gato negro*, recibe la vista de una rara criatura en *El ángel de lo extraño* y la momia cierra los ojos en *Conversación con una momia*;

- la acumulación progresiva de elementos extraños. A menudo, al acercarse a la situación final, la historia fantástica se llena de seres o de elementos cada vez más inquietantes que suscitan duda y angustia tanto en los personajes como en los lectores. Al descubrir el bajorrelieve del gato en *El gato negro*, el narrador dice: «Al contemplar por primera vez esta aparición —porque apenas podía considerarla otra cosa—, mi asombro y mi terror eran extremos» (Poe 1983, 42);

- personajes desorientados. «Sin embargo, no estoy loco» (Poe 1983, 39), advierte el narrador antes de comenzar la extraña historia del gato Pluto. Igualmente, el narrador de *El ángel de lo extraño* insiste en su «espíritu reflexivo»[5]. A lo largo de las diferentes historias, intenta explicar lo que sucede, en la mayoría de ocasiones por la gran cantidad de alcohol ingerido. La inquietud y la duda fantásticas nacen de estas oscilaciones perpetuas entre razón y sumisión a lo sobrenatural. Una vez pasado el primer momento de estupor, «animado por el aire excesivamente natural y familiar»[6] de la momia, el narrador se somete a la situación por lo menos extraña y escucha la

---

5. Cita traducida por ResumenExpress.com
6. Cita traducida por ResumenExpress.com

historia de la momia con atención. En los textos de Poe, la indecisión se refuerza con la elección narrativa del punto de vista interno, que parece encerrar al lector en la mente del héroe-narrador.

¡Su opinión nos interesa!
¡Deje un comentario en la página web de su librería en línea,
y comparta sus favoritos en las redes sociales!

PARA IR MÁS ALLÁ

EDICIÓN DE REFERENCIA

- Poe, Edgar Allan. 1983. *El gato negro*. Traducido por Doris Rolfe. Madrid: Anaya.

FUENTE BIBLIOGRÁFICA

- Poe, Edgar Allan. 2015. *Conversación con una momia.* "Antología de cuentos norteamericanos: vol. 3". Ediciones BM.

ADAPTACIONES

- *Hop-Frog*. Dirigida por Henri Desfontaines, 1910.
- "El gato negro" en *Masters of Horror*. Serie de televisión dirigida por Stuart Gordon, temporada 2, episodio 11, 2007.

EN RESUMENEXPRESS.COM

- Guía de lectura de *La caída de la Casa de Usher* de Edgar Allan Poe.
- Guía de lectura de *La carta robada* de Edgar Allan Poe.
- Guía de lectura de *Los crímenes de la calle Morgue* de Edgar Allan Poe.
- Guía de lectura de *El escarabajo de oro* de Edgar Allan Poe.
- Guía de lectura de *Manuscrito hallado en una botella* de Edgar Allan Poe.

www.resumenexpress.com

ISBN ebook: 9782806281241

ISBN papel: 9782806281913

Depósito legal: D/2016/12603/241

Cubierta: © Primento

Libro realizado por <u>Primento</u>*, el socio digital de los editores*